Pressé, pressée

Du même auteur
dans la même collection

Histoires pressées
Nouvelles histoires pressées
Encore des histoires pressées
Pressé ? Pas si pressé !

et
Histoires pressées
(édition illustrée)

© 2002, Éditions Milan, pour la première édition
© 2007, Éditions Milan, pour le texte et l'illustration
de la présente édition
300, rue Léon-Joulin, 31101 Toulouse Cedex 9, France
Loi 49-956 du 16 juillet 1949
sur les publications destinées à la jeunesse
ISBN : 978-2-7459-2700-2
www.editionsmilan.com

Bernard Friot

Pressé, pressée

MiLAN

Pour le présent ouvrage, Bernard Friot
a bénéficié d'une aide à l'écriture accordée
par le Centre national du livre.

Zoo

Je suis allée au zoo avec ma petite sœur. J'ai vu une dame qui donnait à manger aux canards. Elle leur jetait des morceaux de pain et ils nageaient à toute vitesse pour les attraper.

Ensuite, on est passées devant la cage aux singes. Un garçon a lancé une banane à travers les barreaux. Deux petits singes ont dégringolé de leur arbre pour s'en emparer.

Ça m'a donné une idée. J'ai pris ma petite sœur par la main et je l'ai emmenée voir les crocodiles. Il n'y avait pas grand-chose à voir. Ils étaient dans leur mare, en train de dormir, les crocodiles, et il n'y avait que leurs yeux qui dépassaient. J'ai soulevé ma petite sœur et je l'ai lancée par-dessus la barrière, plouf! au beau milieu de la mare. Alors ils se sont réveillés, les crocodiles, et ils se sont battus pour la croquer…

Mais non, c'est pas vrai, je raconte des blagues, ça ne s'est pas passé comme ça.
En vrai, je suis allée au zoo avec ma petite sœur. J'ai vu une dame qui…, etc. Ensuite, on est passées devant la cage aux singes…, etc.
Ça m'a donné une idée. J'ai pris ma petite sœur par la main et je l'ai emmenée voir les crocodiles. Elle a demandé:
— Ils sont gentils, les crocodiles?
Je trouvais qu'ils avaient l'air gentils. Ils étaient dans leur mare, en train de dormir, les crocodiles, et il n'y avait que leurs yeux qui dépassaient. Alors, j'ai répondu:
— Oh, oui, très gentils.
— Je veux les caresser! a-t-elle dit.
J'aime bien ma petite sœur, moi, alors je l'ai aidée à passer par-dessus la barrière. Elle s'est

approchée de la mare, elle a tendu la main, un crocodile a ouvert la gueule, a saisi la main de ma petite sœur, et crrrrrsshh, crrrrshh! l'a avalée toute crue.

Mais non, c'est pas vrai, je raconte des blagues…
En vrai, je n'ai pas de petite sœur. J'ai juste un petit frère. Benoît, il s'appelle. Cet après-midi, il faut que j'aille le promener. C'est maman qui me l'a demandé.
Je vais l'emmener au zoo.
– Tu viens, Benoît?

Liste

Hier, maman s'est verni les ongles. Elle a essayé une nouvelle couleur, rose argenté. Très moche.

Évidemment, c'était juste au moment d'aller au supermarché. Déjà qu'on n'était pas en avance. Et son vernis qui ne séchait pas. Alors, elle m'a demandé :

– Dis, tu serais gentille d'écrire la liste des courses. Prends un papier et un stylo, je te dicte.

– D'accord, j'ai dit, mais ne viens pas râler s'il y a des fautes d'orthographe.

Elle a commencé :

– Choux de Bruxelles, un kilo et demi.

Je suis devenue verte. Des choux de Bruxelles, beurk ! Pourquoi pas des épinards, tant qu'elle y est !

Je n'ai rien dit. J'ai écrit : *chocolat, un kilo et demi.*

Après tout, « chocolat » et « choux de Bruxelles », ça commence pareil.

Et puis j'ai réfléchi. Un kilo et demi, c'est peut-être beaucoup. Et pas très précis.

J'ai donc corrigé : *une tablette de chocolat au lait, une aux noisettes, et une au chocolat blanc.*

– Tu y es ? a demandé maman.

– C'est bon, ai-je répondu, tu peux y aller.

– Un paquet de lentilles, a-t-elle dicté.

Des lentilles ? Jamais de la vie.

J'ai écrit : *un litre de glace à la vanille.*

Puis j'ai dit :

– C'est fait, maman.

Elle a soufflé sur ses ongles. Et poursuivi :

– Ensuite, tu mets : trois boîtes de thon au naturel.

– Thon, tu écris ça comment ? ai-je demandé.

– T-H-O-N, a épelé maman.

– Ah oui, merci…

Et j'ai écrit : *trois boîtes de raviolis à la sauce tomate.*

J'adore les raviolis en boîte. En plus, mon petit frère les déteste… Tiens, j'en rajoute une, rien que pour lui.

– Je ne vais pas trop vite ? a demandé maman.

– Oh non, ai-je répondu, ça va très bien. J'aime bien faire les listes de course. C'est intéressant.

– Tu trouves ? a dit maman. Ajoute maintenant : papier W.-C., douze rouleaux.

J'ai écrit : *papier W.-C., douze rouleaux.*

Ça peut servir, après tout.

Ensuite maman a dicté : « foie de veau » (pourtant, on n'a pas de chat), « yaourts nature, courgettes, pommes de terre, moutarde, un baril de lessive, six bouteilles d'eau ».

Et moi j'ai écrit, en m'appliquant pour ne pas faire de taches : *yaourts à la framboise, biscuits apéritif, frites surgelées, mousse au chocolat, six bouteilles de Coca, deux paquets de fraises Tagada, une boîte de petits pois, un paquet de Mars, dix paquets de chewing-gums, des Smarties, des cookies, des Carambar, des Malabar.*

— Je crois qu'on n'a rien oublié, a dit maman. Tu vois autre chose ?

— Non, non, ai-je dit, je crois qu'on a tout. On peut y aller.

Maman s'est levée pour enfiler sa veste. Brusquement, elle s'est tournée vers moi et a dit :

— Ajoute un truc que tu aimes, tu l'as bien mérité, va… Je ne sais pas, moi, une tablette de chocolat, par exemple, je sais que tu adores le chocolat aux noisettes. Allez, note…

Je me suis trouvée un peu bête, tout à coup. Chocolat aux noisettes, ça, je l'avais déjà sur ma liste. Mais il fallait bien que j'écrive quelque chose.

Alors j'ai écrit : *choux de Bruxelles, un kilo et demi.*

L'homme au Frigidaire

La nuit, j'ai peur. Je n'arrête pas de penser à l'homme au Frigidaire. C'est comme ça qu'on l'appelle, au journal télévisé. Le tueur qui, la nuit, toujours la nuit, pénètre dans les maisons pour enlever des enfants et les emmener chez lui.

Après, il les étrangle. Puis il les met au Frigidaire.

On ne connaît pas son nom, personne n'a vu son visage. Mais la police a découvert trois petits cadavres, entassés dans le Frigidaire d'une maison abandonnée. C'est vrai, ils l'ont dit, au journal télévisé.

Alors, la nuit, j'ai peur. J'entends l'homme au Frigidaire monter l'escalier, il approche, il est là, il va ouvrir la porte et m'enlever !

Non. C'est fini, il est parti.

Mais moi, je ne reste pas ici.

Je vais aller voir mon petit frère.

J'avance lourdement dans le couloir, boum, boum, j'ouvre lentement la porte de sa chambre. Parfait, elle grince affreusement.

– Benoît… Benoît… tu dors ?

J'enfle la voix, j'agite les bras.

– Benoît… aaah… aaah… Benoît…

Incroyable ! Il ne bouge pas ! Il dort vraiment, ou il fait semblant ?

– BENOÎT !

Ah, il remue enfin.

– Benoît, j'ai vu l'homme au Frigidaire ! Je regardais par la fenêtre, et j'ai vu un homme dans la rue, avec un Frigidaire sur le dos. Je suis sûre que c'est lui ! J'ai peur, Benoît, il est peut-être tout près… devant chez nous… il grimpe par la gouttière… il entre par la fenêtre de la salle de bains…

tu sais bien, papa oublie toujours de la fermer… il avance dans le couloir… il sort son couteau… il entre dans ta chambre… et cric! il te coupe la gorge! Aaah, c'est affreux! Mon petit frère chéri, égorgé comme un lapin!

J'éclate en sanglots. J'imagine: les draps, le tapis, les murs pleins de sang, c'est dégoûtant…

– Mais non, dit Benoît, l'homme au Frigidaire n'égorge pas les enfants, il les étrangle.

Zut, il a raison. Il faut tout recommencer.

– Bon, eh bien, il grimpe par la gouttière… il brise le carreau de ta fenêtre… il s'approche de ton lit… il a un fil de pêche à la main… il le passe autour de ton cou… tu te réveilles, tu veux crier… trop tard, couic! il t'a étranglé! Vite, il te met dans un sac en plastique, il t'emporte chez lui, il t'enferme dans le Frigidaire. Avec une étiquette attachée à tes doigts de pied: «À consommer avant le 1er avril!»

J'en ai la chair de poule, tellement c'est horrible, cette histoire.

– Hé, Benoît, tu écoutes?

Non, je rêve, il s'est rendormi ! C'est bien la peine que je me fatigue…

– Ah, ah, mon petit Benoît, tu ne vas pas t'en tirer comme ça. Parce que moi, je vais descendre à la cuisine, je vais ouvrir le Frigidaire… et je vais manger ton gâteau d'anniversaire ! Hmm, le bon gâteau au chocolat, je vais le dévorer tout entier… Car moi, je suis la FILLE AU FRIGIDAIRE ! AH, AH, AH, AH !

Suites

Il a intérêt à rester tranquille, Benoît, j'ai du travail, moi. La prof de français nous a donné des débuts d'histoires, et il faut écrire la suite.

Maman est à son cours de danse du ventre, et c'est moi qui dois garder le monstre, évidemment. Je l'entends qui fait «brroum brroum» dans sa chambre, avec ses petites voitures.

Bon, voyons la première histoire :

En Australie, un aventurier s'enfonce dans la forêt vierge. Il tient une carte à la main. La carte d'un trésor. Une croix indique l'emplacement du trésor, au bord d'un fleuve infesté de crocodiles…

Oh, là, là! c'est pas facile. Je ne suis jamais allée en Australie, moi. Ah, j'ai une idée…

Après des journées de marche dans la forêt peuplée de mille dangers, le jeune aventurier parvient au bord du fleuve et découvre le trésor. C'est une petite voiture rouge. «Chouette!», se dit l'aventurier qui collectionne les petites voitures. Il s'appelle Benoît, d'ailleurs, et il n'est pas très intelligent. Pour se rafraîchir, il se baigne dans le fleuve. Un crocodile affamé lui croque les pieds, puis les mollets et les cuisses, et pour finir n'en laisse pas un morceau.

Pas mal, je trouve. Passons à la deuxième histoire:

Le fils du Président est très triste. On lui a volé sa petite voiture préférée. Le Président appelle le chef de la police et lui demande d'envoyer un inspecteur à la recherche du voleur…

Oh, je crois que j'ai une idée originale!

C'est l'inspecteur Benoît qui est chargé de l'enquête. Le pauvre, il est très limité intellectuellement. En passant devant le zoo, il aperçoit sur le sol des traces de pneus de petite voiture. Il suit à quatre pattes les traces qui le mènent jusqu'au bassin des crocodiles. Pendant qu'il examine le sol à la loupe, un crocodile énorme sort de l'eau et lui croque les pieds, puis les mollets et les cuisses, et pour finir n'en laisse pas un morceau.

Et de deux. La troisième histoire, maintenant :
Il était une fois un roi et une reine qui avaient un fils unique. Le jour de ses dix-huit ans, ils l'envoient parcourir le vaste monde. Après avoir chevauché par monts et par vaux, le prince pénètre dans une sombre forêt. Près d'un ruisseau, il rencontre une fée…

De plus en plus facile ! On voit tout de suite comment ça finit, cette histoire.

– Je suis là pour t'accorder un vœu, dit la fée au prince. Mais réfléchis bien avant de parler !

Le prince, qui s'appelle Benoît, est franchement idiot. Il sort de sa poche une petite voiture et demande à la fée de la transformer en crocodile. Un peu étonnée, la fée exauce son vœu et la petite voiture devient un crocodile de trois mètres de long qui se met à trotter gentiment derrière le prince Benoît. Mais après quelques kilomètres, le crocodile a une petite faim et, comme il n'a rien d'autre à se mettre sous les dents, il dévore Benoît. Il commence par lui croquer les pieds, puis les mollets et les cuisses, et pour finir n'en laisse pas un morceau.

Franchement, elles sont nulles, les histoires de la prof de français. Elles se terminent toutes pareil.

Et Benoît, qu'est-ce qu'il fait, celui-là ? Toujours avec ses petites voitures ?
— Benoît, Benoît, viens voir ici, je vais te raconter des histoires. Mais oui, je te promets, elles se terminent bien, les histoires, très, très bien. Écoute…

Chocolat

PROLOGUE
(c'est ce qui se passe avant l'histoire)

Quand je me suis levée, ce matin, j'ai trouvé un mot sur la table de la cuisine.

Je suis à la boulangerie. Je rentre bientôt, occupe-toi de ton frère.

D'accord, maman, je vais m'occuper de Benoît.

Tu viens, Benoît ? Regarde. Je prépare les accessoires : un bol, du lait, du chocolat en poudre, de la ficelle. Tu sais ton rôle, j'espère ? Bon, on y va. Attention : un, deux, trois !

HISTOIRE
(mais assez bizarre, je vous préviens)

J'ai versé le chocolat en poudre dans le bol de mon petit frère Benoît. Puis le lait tiède. J'ai donné le bol à Benoît. Il l'a soulevé. L'a lâché. Tout le chocolat sur la table. J'ai épongé.

J'ai recommencé. J'ai versé le chocolat en poudre dans le bol de mon petit frère. Puis le lait tiède. J'ai donné le bol à mon frère. Il l'a soulevé. L'a lâché. Tout le chocolat sur la table. J'ai épongé.

J'ai recommencé. J'ai versé le chocolat…

Sept fois de suite.

La septième fois, j'ai pensé :

« Il faut faire quelque chose, ça devient franchement ennuyeux. »

J'ai pris de la ficelle, je suis passée derrière Benoît et je lui ai attaché les mains dans le dos. Puis j'ai préparé le chocolat. J'ai soulevé le bol et je l'ai approché des lèvres de Benoît. Il a ouvert la bouche et tout avalé. D'un coup. Très proprement.

J'ai pensé :

« Pas très passionnant. »

Mais j'ai recommencé. J'ai préparé le chocolat, j'ai soulevé le bol, je l'ai approché des lèvres de Benoît, il a ouvert la bouche et tout avalé. D'un coup. Très proprement.

Sept fois de suite. Pas très palpitant. Sauf que le visage de Benoît prenait une drôle de couleur, genre marron verdâtre. Je lui ai détaché les mains et je lui ai dit :

— Benoît, tu n'es vraiment pas un type intéressant.

Il m'a regardé en se caressant le ventre, l'air de plus en plus bizarre. Puis il a ouvert la bouche et recraché tout son chocolat. Des litres et des litres, une fontaine de chocolat dégoulinant sur la table, sur le carrelage.

J'ai tout écopé, à l'éponge et à la serpillière. Et je me suis excusée :

— Je retire ce que j'ai dit, Benoît. Finalement, on s'amuse bien avec toi.

ÉPILOGUE
(ça veut dire « fin » !)

Maman est arrivée à ce moment-là. Elle a demandé :
—Vous avez été sages ?
J'ai dit :
—Oui, on a joué.
Elle n'a pas écouté. Elle a dit :
—Je vous ai rapporté des croissants pour le petit déjeuner. Benoît, qu'est-ce que tu bois, ce matin ? Du chocolat ?

Malade

J'ai été malade.

C'était bien.

J'avais très mal à la gorge, je ne pouvais rien avaler. J'avais 40 de fièvre. Enfin, presque.

Papa et maman se sont disputés pour savoir qui allait me garder.

– Je ne peux pas, disait ma mère, j'ai été absente trois fois ce mois-ci, à cause de Benoît. Tu imagines ce que va dire mon chef?

– Et moi, disait papa, j'ai trop de travail à la boucherie, j'ai trois carcasses à découper.

Eh bien, bravo! Papa préfère ses côtelettes. Maman, c'est pire, elle préfère mon petit frère.

J'ai dit :

— Ne vous inquiétez pas pour moi. De toute façon, je vais mourir. Comme ça, vous serez tranquilles.

— Ne dis pas de bêtises, a dit maman. C'est juste une angine.

— Ne t'en fais pas, a dit papa, on va trouver une solution.

J'ai quand même pleuré. Ils étaient rudement embêtés.

C'était bien.

Finalement, maman est restée pour la matinée. Elle m'a dit :

— Reste au lit, et dors. Je vais en profiter pour nettoyer la cuisine.

J'ai fait « aaahhhrrr aaahhhrrr » parce que j'avais mal à la gorge.

— Je t'apporte un citron chaud avec du miel, d'accord ? a-t-elle dit.

J'ai tout renversé, mais c'est de sa faute, le verre était brûlant. Elle a dû changer les draps et la couverture. En attendant, je suis allée dans le lit de papa et maman. J'ai essayé de lire, mais j'ai attrapé mal à la tête. Maman m'a donné une aspirine. Mais ça m'a fait vomir. Alors, elle a dû changer aussi les draps de son lit. Et nettoyer le tapis.

Je me suis installée au salon, sur le canapé, pour regarder la télévision. C'était l'heure d'*Amour, gloire et beauté*! Il y avait une fille et un garçon qui s'embrassaient. J'ai imaginé que j'étais à la place de la fille, et que le garçon s'appelait Lucas, comme un type de ma classe, super mignon, avec des yeux tout bleus, tout bleus… C'était tellement beau que ça m'a fait pleurer. Maman s'est inquiétée. Elle a mis la main sur mon front. C'était bien, sa main fraîche sur mon front.

Elle a dit:

– Tu n'as presque plus de fièvre. Tu veux manger quelque chose?

– Ah, oui, j'ai dit, des raviolis.

J'en ai profité, parce qu'elle ne fait jamais de raviolis, à cause de mon frère qui ne les aime pas. J'ai mangé toute la boîte, avec un litre de ketchup et une tonne de fromage. Après, je me sentais un peu bizarre. Je suis allée me recoucher.

– Tu ne vas pas encore vomir ? a dit maman.

Elle aurait mieux fait de se taire : ça n'a pas raté, j'ai recraché les raviolis. Elle a dû tout nettoyer.

C'était bien.

L'après-midi, c'est papa qui m'a gardée.

Il m'a dit :

– Repose-toi, je vais en profiter pour ranger la salle de bains.

Je lui ai demandé d'installer la télé dans ma chambre. Ça a duré longtemps, parce qu'il ne trouvait pas de rallonge pour l'antenne. De toute façon, il est nul en bricolage. À cause de lui, j'ai raté *Les Feux de l'amour*. Pour la peine, je l'ai forcé à jouer aux cartes. On s'est disputés, parce qu'il m'a accusée de tricher, et je suis redevenue très malade. Il a dû aller à la pharmacie chercher de nouveaux médicaments. Mais quand il est rentré, j'allais mieux, alors je n'ai pas voulu les prendre. Il était fâché, mais je lui ai fait plein de bisous, je l'ai appelé

« mon papounet », et il a bien voulu jouer avec moi à la coiffeuse. Je lui ai fait des mèches bleues et je lui ai mis des élastiques et des petits nœuds plein les cheveux. Il était tout gêné quand la voisine est venue ramener mon petit frère de l'école.

C'était bien.

Le lendemain matin, j'étais guérie.

Mais Benoît était malade, une angine, évidemment, pour me copier. J'ai dit à mes parents :

– Ça ne va pas être de tout repos de le garder, je vous plains !

Et j'ai filé au collège retrouver mes copains.

Personne ne m'aime

Personne ne m'aime.

Ils racontent des trucs sur moi, dès que j'ai le dos tourné, ils disent n'importe quoi.

Mes parents, par exemple. Ce matin, je sortais de la salle de bains pendant qu'ils prenaient leur petit déjeuner, et je les ai entendus qui disaient :

– Tu as vu sa coiffure ? À son âge ! Totalement ridicule.

Tout ça parce que je mets un peu de gel et que j'ai une mèche décolorée. Qu'est-ce qu'ils diraient s'ils voyaient la voisine d'en bas ! Elle a au moins soixante ans et elle se teint les cheveux en rouge fluo.

Et à midi, on mangeait chez mamie, mon petit frère et moi. À un moment, le téléphone a sonné. Elle est sortie sur la terrasse pour qu'on n'entende pas ce qu'elle raconte. Mais j'ai l'oreille fine.

— Je ne sais pas ce qu'elle a en ce moment, disait mamie, elle est insupportable. Une vraie peste !

Tout ça parce que je lui ai fait remarquer l'autre jour qu'elle avait un triple menton. Alors que ma cousine Léa, dimanche dernier, l'a traitée de grosse sorcière moustachue et a jeté par terre une pile d'assiettes en porcelaine.

Et cet après-midi, devant le stade, j'ai aperçu Lucas. Il est dans ma classe, et d'habitude je le trouve sympa. Mais là, il était avec un copain à lui, près d'une Mobylette d'un vert criard, et, quand je suis passée près de lui, je l'ai entendu qui disait :

— Pas terrible. J'aime pas du tout la couleur.

Tout ça parce que ma mère m'a forcée à mettre cet anorak bleu marine que je déteste. La honte ! Je suis devenue rouge comme un coquelicot et j'ai filé sans me retourner.

Je n'avais vraiment pas le moral quand je suis rentrée à la maison. Je suis allée directement m'enfermer à la salle de bains. Je me suis regardée dans la glace au-dessus du lavabo. Pendant un long moment. Et puis, j'ai soupiré :

– Miroir, mon beau miroir, dis-moi que je suis la plus belle.

Et lui, cet imbécile, il a répondu :

– Tu as un bouton sur le front.

En plus c'était vrai.

Personne ne m'aime.

Même pas moi.

Sous le lit

– Il y a un crocodile sous mon lit ! a dit Benoît.

On était seuls à la maison, ce soir-là, mon petit frère et moi. Papa et maman jouaient aux cartes chez les voisins du dessous, et je savais qu'ils ne reviendraient pas avant minuit.

J'ai fermé le magazine que je lisais, *Lili, le journal des filles qui bougent la vie*. J'ai pris Benoît par la main et je suis allée dans sa chambre. Il est resté près de la porte, prudemment, pendant que je me mettais à quatre pattes pour regarder sous son lit. J'ai examiné chaque recoin, puis j'ai dit :

– Tu peux dormir tranquille, il n'y a pas de crocodile sous ton lit.

– Tu es sûre ? a insisté Benoît, pas très convaincu.

– Archisûre, ai-je répondu. Je m'y connais : la grosse bête affreuse et pleine de dents qui roupille sous ton lit n'est pas un crocodile, mais un alligator. Ça se reconnaît à sa gueule, qui est plus courte que celle du crocodile, si tu veux tout savoir.

– Et c'est gentil, un alligator ? a demandé timidement Benoît.

– Ça dépend, ai-je expliqué. Si tu lui donnes des friandises, il te laissera tranquille toute la nuit. Tu n'aurais pas des bonbons cachés quelque part ?

Benoît a hésité un moment, mais il a fini par se décider. Incroyable, les réserves qu'il a, ce môme. Il a sorti un sachet de fraises Tagada caché dans son armoire, un paquet de Malabar et deux tablettes de chocolat planqués dans sa caisse à jouets. J'ai fait semblant de les donner à l'alligator, mais j'ai profité que j'avais le dos tourné pour les glisser sous mon T-shirt.

Benoît n'était qu'à demi rassuré. J'ai dû lui raconter une histoire de libellules et de papillons pour qu'il s'endorme. Et lui donner un baiser sur le front.

Puis je suis allée me coucher, en laissant la lumière du couloir allumée.

Mais impossible de trouver le sommeil. J'entendais des bruits dans le noir, des froissements, des glissements très lents, très inquiétants. Sous mon lit.

Des serpents! Des tas de serpents rampant lentement et déroulant leurs corps gluants!

Je me suis caché la tête sous les draps. J'ai retenu mon souffle pour guetter leurs déplacements menaçants. Je frissonnais de dégoût et d'effroi, sentant sur ma peau d'affreuses caresses.

Tout à coup, la lumière de ma chambre s'est allumée. C'était Benoît, le visage chiffonné par le sommeil et la peur.

– L'alligator s'est réveillé, a-t-il balbutié. Je l'ai entendu bouger, je te jure. Je peux dormir avec toi?

Sans attendre la réponse, il s'est glissé dans mon lit. J'ai grogné:

—Tu es un vrai bébé, Benoît. Moi, à ton âge, je n'avais pas peur des crocodiles, ni des alligators, ni des caïmans…

Il n'a rien dit. Il s'est serré contre moi, bien chaud et bien vivant, rassurant.

J'ai demandé :

—Et les serpents ? Tu n'as pas peur des serpents, quand même ? Tu sais, les gros serpents qui s'enroulent autour de toi pour t'étouffer et t'avaler tout cru ?

Il m'a regardée, étonné.

—Les serpents ? Mais non, c'est gentil, les serpents… Si tu as peur, tu n'as qu'à leur donner des fraises Tagada et ils resteront tranquilles…

Choux de Bruxelles

Dimanche.

J'entends maman s'agiter à la cuisine. Mauvais, ça, qu'est-ce qu'elle mijote encore ?

Je demande :

– On mange quoi à midi ?

– Des choux de Bruxelles. J'en ai trouvé des beaux sur le marché.

– Mais, maman, tu sais bien que j'ai HORREUR de ça !

Je ne me fais pas d'illusions. Je sais très bien ce que va dire maman. D'ailleurs, elle le dit :

– Il faut manger des légumes. C'est plein de vitamines.

J'ai grommelé :

— On pourrait ne manger que les vitamines, sans tout ce qu'il y a autour.

Elle n'a pas répondu. Je n'ai pas insisté. J'avais une bien meilleure idée.

— Bon, d'accord pour tes choux de Bruxelles, ai-je dit, mais tu me laisses choisir la recette.

Trop contente que je cède si vite, maman a accepté. J'ai donc pris un livre de recettes, j'ai feuilleté rapidement et j'ai annoncé :

— Voilà, j'ai trouvé : *Choux de Bruxelles à la mode de Bruxelles*. Ça a l'air mangeable.

MAMAN : Et qu'est-ce qu'il faut pour ta recette ? Je n'ai peut-être pas tous les ingrédients.

MOI : Oh, c'est un truc tout simple. Il faut des biftecks (il y en a au congélateur), des pommes de terre, de l'huile…

MAMAN : Et des choux de Bruxelles ?

MOI : Évidemment. Bon, tu épluches les pommes de terre, tu les laves et tu les essuies bien. C'est marqué : « avec un torchon propre ».

MAMAN : Et les choux de Bruxelles ?

Moi : Euh… tu les mets à tremper. Tu as essuyé les pommes de terre ? Bien, alors tu les coupes en bâtonnets, comme des frites. Tu fais chauffer l'huile…

Maman : Et les choux de Bruxelles ?

Moi : Tu les laves et tu enlèves les feuilles abîmées. Maintenant, les biftecks hachés. Tu sors une poêle et tu fais chauffer un peu de beurre. Tu peux ajouter des échalotes aussi, j'adore.

Maman : Et les choux de Bruxelles ?

Moi : Attends un peu, laisse-les sécher. L'huile est chaude ? Alors tu y plonges les frites. Voilà. Dans la poêle, tu fais revenir les échalotes…

Maman : Et les choux de Bruxelles ?

Moi : Mais ne t'inquiète pas, on va s'en occuper de tes choux de Bruxelles. Bon, tu les coupes tout fin, tout fin, comme des oignons, tu les haches, quoi.

Maman : Tu es sûre ?

Moi : Enfin, maman, je sais lire ! Viens vérifier toi-même !

Maman : C'est bon, c'est bon, je te crois !

Moi : « Coupez les choux de Bruxelles très fin », qu'ils disent, « puis réduisez-les en purée dans le robot ménager ». Maintenant, tu fais cuire les biftecks hachés. Bien cuit, le mien, s'il te plaît. Et tu regardes si les frites sont bien dorées. Hmm, ça sent bon… on va se régaler ! Je pourrai avoir de la glace en dessert ?

Maman : Ben… et les choux de Bruxelles ?

Moi : Il faut les mettre dans un sac en plastique.

Maman : Elle est bizarre, ta recette.

Moi : Mais puisque c'est une recette de Bruxelles… Ils doivent savoir comment on prépare les choux de Bruxelles, à Bruxelles. Tiens, je vais mettre le couvert. Tu veux du ketchup avec les frites ?

Maman : Mais… les choux de Bruxelles ?

Moi : Tu les jettes à la poubelle ou tu les donnes aux lapins, comme tu veux. Allez, à table, maman, et bon appétit !

Seule

J'étais seule dans l'appartement. Papa était au travail, dans sa boucherie, et maman chez le dentiste, avec mon petit frère. Elle avait proposé de m'emmener. Tu parles d'une distraction, deux heures dans la salle d'attente d'un dentiste…

Au début, c'était bien. J'ai regardé *Les Feux de l'amour* à la télé en grignotant des chips et du chocolat. Mais, au bout d'un moment, c'est écœurant. Alors, je suis allée prendre un bain. J'ai mis plein de produit moussant dans l'eau, et ensuite je me suis maquillée avec les produits de beauté de maman.

Tout à coup, on a sonné. Une fois. Puis une autre fois. J'avais l'impression que la sonnerie n'allait jamais s'arrêter.

J'ai retenu mon souffle. Je n'ai pas bougé.

Une voix de femme a demandé :

– Il y a quelqu'un ? Répondez !

Je ne sais pas qui c'était. On aurait dit la voix de la voisine du dessous. Mais qu'est-ce que ça prouvait ? C'était peut-être une terroriste avec une bombe. Ou ma prof de français avec ses règles de grammaire et d'orthographe.

Au bout d'un moment, j'ai entendu des pas s'éloigner dans l'escalier. J'ai vérifié que la porte était bien fermée (serrure, chaîne, verrous) et j'ai éteint toutes les lumières. Je me suis réfugiée au salon et j'ai essayé de penser à des trucs amusants pour me changer les idées. À mon petit frère, par exemple. Chez le dentiste. Allongé, la bouche grande ouverte, sous une lumière aveuglante. La roulette sur les gencives, les pinces, les crochets… Brrr, horrible, j'en avais des frissons dans le dos.

Soudain, nouveau coup de sonnette. Panique ! Je me cache derrière le canapé. Dring, dring, on insiste. Une voix :

– C'est moi, ouvre !

Cette fois, c'est la fin.

– Mais ouvre donc, c'est moi!

Tiens, je reconnais la voix.

– C'est moi, papa!

Et alors, qu'est-ce que ça prouve? C'est peut-être un sadique armé d'un long couteau de cuisine. Ou le type d'en face qui me regarde toujours d'un air bizarre quand je le croise dans l'escalier.

– Mais qu'est-ce que tu fiches? Tu vas ouvrir à la fin?

Des coups contre la porte.

– Grouille-toi, j'ai une pizza toute chaude sur les bras.

Une pizza? Ça change tout. Hmm, je sens la bonne odeur à travers la porte.

Je me suis approchée et j'ai tourné un verrou. Et puis, j'ai eu un doute…

J'ai demandé:

– Elle est à quoi, ta pizza?

Parce que, s'il y a des anchois, je n'ouvre pas.

Père Noël

Je faisais un devoir de math.

J'adore les math, depuis que mamie m'a offert un nouveau classeur. Avec la photo d'Antonio Calderas, le célèbre acteur de cinéma. Très beau. Bronzé. Des cheveux noirs, des yeux bleus et une cicatrice au menton. Trop beau.

Je faisais donc mon devoir de math. Plus exactement, j'embrassais Antonio. Il a une bouche magnifique. Dommage que ses lèvres aient un goût de plastique.

– Maman a dit que tu devais m'aider à écrire au père Noël.

J'ai regardé sévèrement Antonio. Mais non, évidemment, ce n'était pas lui qui venait de parler. C'était Benoît, mon petit frère adoré (façon de parler).

Je n'ai pas protesté, je ne l'ai pas envoyé promener. J'ai pris la feuille de papier qu'il me tendait et j'ai dit, d'une voix douce :

– Oui, mon chéri. Dicte-moi, j'écris.

Il m'a regardée, étonné, puis, à moitié rassuré, il a dicté :

Cher Père Noël,

S'il te plaît, apporte-moi des petites voitures rouges (la marque, ça m'est égal), un pistolet qui fait du bruit et une boîte de Playmobil, le ranch avec les cow-boys.

– C'est tout ? ai-je demandé.

Un peu hésitant, il a ajouté :

Et puis une poupée Barbie habillée en princesse…

Il a retenu son souffle, guettant ma réaction. Mais je n'ai pas fait de commentaires. J'ai juste demandé :

– Et qu'est-ce que je mets à la fin ? « Gros bisous » ou « Je t'embrasse très fort » ?

– Ah non, a-t-il dit, je ne l'embrasse pas, le père Noël. Il pique, à cause de sa barbe.

J'ai haussé les épaules.

– C'est fini, ça, il s'est rasé la barbe depuis l'année dernière.

– Tu es sûre ? a insisté Benoît. Tu l'as vu ?

– Euh… non… pas directement…, ai-je répondu. Seulement sa photo. Tu sais, il ne ressemble pas du tout à ce qu'on dit. Il est beaucoup plus jeune… et très, très beau. Bronzé. Des cheveux noirs, des yeux bleus… et une cicatrice au menton…

J'ai lancé un regard à la photo d'Antonio, sur mon classeur de math. C'est fou comme il ressemble au père Noël.

– Pourquoi il a une cicatrice ? a demandé Benoît.

– Parce qu'un sale gosse a laissé traîner ses petites voitures dans le couloir ! Il a mis le pied dessus et il s'est écrasé contre la porte de la salle de bains.

Benoît est devenu tout pâle. Sûr qu'il s'est senti visé. Pas plus tard qu'hier, j'ai dérapé sur une de ses petites voitures et je me suis fait un énorme bleu à la fesse gauche.

—Tu… tu crois qu'il est fâché… et qu'il ne va plus revenir? a balbutié Benoît.

Sur la photo, Antonio a souri de toutes ses dents.

—Non, non, il n'est pas fâché, ai-je répondu. Mais il faut que tu sois très gentil. Tu n'as qu'à commander un cadeau pour moi. Et pour papa et maman aussi, pendant qu'on y est.

—D'accord, a dit Benoît, soulagé. Écris sur la lettre ce que tu veux.

C'est ce que j'ai fait. J'ai écrit:

Et pour ma grande sœur, qui est très gentille et très jolie, s'il te plaît, Père Noël, apporte tous les DVD des films d'Antonio Calderas. Et un pot de crème amincissante pour maman. Et pour papa, un produit contre la chute des cheveux.

Gros bisous.

Benoît

P.-S. : Envoie aussi une photo dédicacée à ma grande sœur qui t'aime beaucoup, beaucoup...

– Voilà, ai-je dit à Benoît. Je glisse ta lettre dans une enveloppe et j'écris l'adresse. N'oublie pas de la mettre à la poste.

Tout fier, Benoît est reparti en tenant la lettre contre son cœur. Au moment de quitter ma chambre, il a demandé :

– Dis, tu y crois, toi, au père Noël ?

J'ai hésité un instant. Du bout des doigts, j'ai caressé le visage d'Antonio, ses yeux, sa bouche, ses cheveux... Et puis j'ai dit :

– Mais oui, Benoît, je crois au père Noël.

C'était pour lui faire plaisir, bien sûr.

À son âge, on a encore le droit de rêver.

Ça m'est égal

Un jour, papa et maman me diront :
– Il faut qu'on te parle. On a décidé de se séparer. On ne s'aime plus comme avant, tu comprends, alors il vaut mieux qu'on vive chacun de notre côté. Mais pour Benoît et toi, ça ne change rien. Vous êtes nos enfants, on vous aimera toujours autant…

Et moi je répondrai :
– Ça m'est égal… De toute façon, je le savais. Depuis longtemps…

Un jour, papa et maman me diront :
– Il faut qu'on te parle. Tu es notre fille, bien sûr, mais tu as un autre papa et une autre maman.

Nous t'avons adoptée quand tu étais un tout petit bébé. Et nous t'aimons autant que si tu étais notre enfant, autant que ton petit frère…

Et moi je répondrai :

— Ça m'est égal… De toute façon, je le savais. Depuis longtemps…

Un jour, papa et maman me diront :

— Il faut qu'on te parle. Nous avons vu le médecin. Il est très inquiet. Tu as quelque chose dans le sang. Il veut que tu rentres à l'hôpital, pour des examens, et un traitement. Ce sera long, il faut que tu sois courageuse…

Et moi je répondrai :

— Ça m'est égal… De toute façon, je le savais. Depuis longtemps…

Mais moi, un jour, je leur dirai :

— Il faut que je vous parle. Je m'en vais. Très loin, je ne vous dis pas où. Et quand je reviendrai, vous serez vieux, très vieux. Tu seras tout chauve, papa, tout petit et tout maigre, et toi, maman, énorme, pleine de rides et de rhumatismes. Moi, je serai belle, riche et célèbre. Je vous mettrai dans une maison de retraite et, quand vous serez morts, j'irai vous voir au cimetière. Je mettrai un cactus sur votre tombe, un gros, avec plein de piquants.

Et puis je claquerai la porte. Vlan ! ça fera trembler les murs.

Et quand je serai dehors, je dirai tout bas, ou très fort, je ne sais pas :

– Maman, papa, quand même, je vous aime.

Derrière la porte

Je regardais une vidéo au salon. Un film d'horreur. Mon petit frère, lui, jouait dans sa chambre. On sonne à la porte d'entrée. Je crie :
— Benoît, va voir qui c'est !

Je l'entends ouvrir la porte. Puis un hurlement, la porte qu'on claque, une galopade dans le couloir, et mon frère apparaît, blanc, genoux tremblants, les yeux exorbités, complètement terrorisé.
— Là… là… là…, bégaye-t-il.
— Eh ben quoi, qu'est-ce que tu as vu ?
— Un… un homme… tout en bleu… en salopette… et… et…
— Et… et… quoi ? Accouche ! Tu as vu Frankenstein, ou quoi ?

Benoît s'effondre dans un fauteuil.

– Il… il… avait une mallette… et une casquette… et un tournevis dans la main !

– Ah ben, bravo, je lui dis. C'est le plombier, idiot, il vient réparer le chauffe-eau de la cuisine. Allez, je m'en occupe.

Je me lève en soupirant et vais ouvrir au malheureux plombier.

Deux heures plus tard, même cinéma. On sonne.

– Benoît, va voir qui c'est !

J'entends la porte s'ouvrir, puis un cri terrifiant, la porte qu'on claque, une galopade dans le couloir, et mon frère apparaît, hagard, les cheveux dressés sur la tête.

– Là… là… là…, bégaye-t-il.

– Eh ben quoi, qu'est-ce que tu as vu ?

– U… u… une femme… tout en bleu… avec une veste…

– Eh ben, c'était Mme Frankenstein cette fois ?

Le visage ravagé par la peur, Benoît disparaît derrière le canapé.

– … elle avait un paquet dans la main ! Une bombe… on va tous sauter !

– Crétin ! je lui dis. C'est la postière !

Je m'arrache à mon fauteuil et vais m'occuper de la pauvre femme.

Deux heures plus tard, ça recommence. On sonne. Cette fois, j'y vais moi-même. J'ouvre la porte. Devant moi, un géant tout vêtu de noir. Crâne immense, rasé. Visage couturé de cicatrices et balafres. Des sourcils épais. Des yeux jaunes injectés de sang. Pas de dents, mais des crocs, comme un pitbull. Dans sa main droite, un revolver. Dans sa main gauche, un couteau tranchant de boucher. Et un regard à vous glacer le sang.

– Bonjour, je dis, vous venez pour mon petit frère, n'est-ce pas ?

Je me tourne vers le couloir et je crie :

– Benoît, c'est pour toi.

Pour le tueur, je précise :

– Deuxième porte à droite, au fond du couloir.

Et moi, je file au salon monter le son de la vidéo.

N'oublie pas…

Quand je suis rentrée du collège, j'ai trouvé sur la table de la cuisine un mot de maman.

Ma chérie, je rentrerai tard ce soir. Après mon cours de danse du ventre, je sors avec papa. Il m'invite au cinéma!

N'oublie pas:
— de faire tes devoirs,
— de sortir la vaisselle de la machine à laver,
— d'aller chercher Benoît à six heures chez la voisine,
— d'aller faire les courses (pain, bière, fromage râpé),

– de préparer à manger (réchauffe les spaghettis trois minutes au micro-ondes; pour le dessert, mange le yaourt à la banane qui reste et donne un yaourt aux fraises à Benoît),
– de mettre la vaisselle dans la machine et de nettoyer la table,
– de donner un bain à ton frère,
– de lui lire son histoire,
– de fermer la porte à clé,
– de te laver les dents et de te coucher avant neuf heures.

Papa avait ajouté, tout en bas:
N'oublie pas d'éteindre la lumière dans le couloir.

Je n'ai pas déchiré le papier.
Je n'ai pas claqué la porte en hurlant: «J'en ai marre de cette baraque!»
Je n'ai pas appelé «SOS enfants maltraités».
Je n'ai pas découpé mon petit frère Benoît en morceaux.

J'ai fait tout ce qu'ils ont demandé.

Je n'ai rien oublié.

J'ai fait mes devoirs, préparé le dîner, mangé le yaourt à la banane (périmé depuis trois jours). J'ai même acheté une mousse au chocolat pour Benoît (comme il n'aime pas ça, c'est moi qui l'ai mangée). Je lui ai raconté une histoire de crocodiles qui croquent les petits garçons, j'ai regardé les informations, j'ai fermé la porte à double tour, je me suis lavé les dents.

Non, je n'ai rien oublié.

Surtout pas d'éteindre la lumière dans le couloir. J'ai même enlevé l'ampoule. Et laissé traîner partout les petites voitures de Benoît. Et ses billes. Et tendu un fil à l'entrée de la chambre des parents. Et glissé dans leur lit une brosse à cheveux et un sac en plastique rempli de glaçons.

Non, je n'ai rien oublié.

Et eux, leur soirée, ils ne sont pas près de l'oublier.

Au parc

J'ai traversé le parc ce matin, en allant chez le dentiste.

Il faisait très beau. Du soleil, des fleurs et des oiseaux dans les arbres (surtout des corbeaux).

Mais moi, j'avais mal aux dents.

Sur un banc, deux amoureux s'embrassaient. Plus loin, un garçon courait avec son chien, un bouledogue affreux, baveux, mais très rigolo.

Mais moi, j'avais mal aux dents.

Près de la fontaine, deux amoureux (encore) se tenaient par la main. Des vieux. Trente ans, au moins.

Collée sur un lampadaire, une affichette:

> *Perdu petit chat gris*
> *répondant au nom de TOUGRIS!*
> *Si vous le trouvez, appelez le 03 81 50 38 25.*

Sur la pelouse, une fille en jupe rouge dansait en claquant des doigts pour marquer le rythme.

Mais moi, j'avais mal aux dents.

Appuyés à un arbre, deux amoureux enlacés, serrés très fort l'un contre l'autre.

Collée sur un panneau d'affichage, une annonce :

> *J'ai perdu Milly, ma belle chatte noire.*
> *Elle porte autour du cou*
> *un collier en argent et un médaillon.*
> *S'il vous plaît, si vous la voyez,*
> *appelez-moi au 06 76 92 84 07.*

Mais moi, j'avais mal aux dents.

Au bord du lac, un garçon ramassait des cailloux. Je me suis arrêtée pour le regarder. Il a lancé un caillou sur la surface de l'eau. Trois ricochets. Pas mal.

Quand il s'est retourné, je l'ai reconnu. Lucas, un garçon de ma classe. Plutôt mignon. Très mignon, même.

Il m'a fait un signe de la main. J'ai fait semblant de ne pas le voir.

J'avais mal aux dents (mais plus tellement).

Soudain, deux chats sont sortis d'un fourré, juste devant moi. Un chat tout gris et une chatte toute noire (avec collier argenté et médaillon autour du cou). Ils se sont arrêtés, à quelques pas de moi, et le chat a donné un coup de langue à la chatte.

Alors, j'ai senti sur ma peau que l'air était doux, content.

Et je n'avais plus mal aux dents.

J'ai rebroussé chemin et je suis retournée près du lac.

Lucas était encore là.

Je réussis très bien les ricochets.

Pourquoi tu pleures ?

Je suis allée au salon. Je me suis assise sur le canapé en cuir. Le cuir a craqué sous mon poids. Ça m'a rendue encore plus triste. J'ai senti les larmes monter. Et quand maman est entrée, je me suis mise à pleurer.

– Pourquoi tu pleures, ma chérie ?
– Bouh… hou… je ne sais pas…
Elle s'est assise à côté de moi.
– Comment ça, tu ne sais pas ? Voyons, mon bichon, dis-moi pourquoi tu pleures…
Je déteste quand elle m'appelle « mon bichon » !
– Je ne sais pas, je te dis. Peut-être à cause de Nini (le chien de mémé). C'est affreux… Écrasé

par une motocrotte! Et mémé, maintenant, elle est toute seule…

De grosses larmes roulaient sur mes joues.

– Mon loulou, c'est gentil de penser à mémé, a dit maman, mais il ne faut pas te rendre malade pour ça.

«Mon loulou», maintenant, grrrrr…!

– Mais ce n'est pas pour ça! ai-je sangloté. C'est Antoine, je crois. Il m'a traitée de fille d'assassin… bouh… hou…

C'est vrai, quoi, j'en ai marre de me faire insulter parce que mon père est boucher!

Maman m'a prise dans ses bras pour me consoler.

– Faut pas pleurer pour ça, ma poule…

«Ma poule»! La honte! Pourquoi pas «mon escalope»?! Rien que d'y penser, je me suis mise à pleurer comme un veau…

– Mais qu'est-ce que tu as? s'est lamentée maman. C'est quoi, ce gros chagrin?

– Bouh… hou… je ne sais pas… J'ai fait un cauchemar… bouh… un bandit qui voulait égorger papa… Et… et… je veux pas qu'on tue les taureaux dans les corridas… Bouh… hou… et puis j'ai vu à la télé des petits Indiens qui meurent de faim… et des Africains aussi… c'est pas juste… Ho… ho… et, maman, je veux pas que tu meures… jamais… jamais…

Là, maman s'est mise à pleurer encore plus fort que moi.

—Voyons, mon bébé, faut pas penser à des choses pareilles… Je ne vais pas mourir, va…

« Mon bébé ! » Qu'est-ce qu'il ne faut pas entendre ! J'ai poussé un grand soupir…

—Et puis… bouh… hou… maman, ça va te faire de la peine… je n'ai eu que 8 en math…

—Ce n'est rien, ma chérie, m'a-t-elle assuré, ce n'est pas grave… allez, arrête de pleurer…

C'était le bon moment. J'ai sorti mon carnet de notes et je le lui ai tendu en lâchant quelques sanglots déchirants.

—Il faut que tu signes… là… bouh…

Tout émue, maman a signé le carnet. Sans voir le zéro en orthographe, le zéro en géographie, ni le mot du prof de gym qui m'a collée parce que je l'ai poussé tout habillé dans la piscine.

Pour me consoler, elle m'a même payé le cinéma.

Je suis allée voir un film très, très triste… C'était beau.

J'ai beaucoup pleuré.

Argent

« *Je ne sais pas comment on va finir le mois, a dit maman, il faut encore que je paye le loyer et la cantine pour les gosses…* »

Quand j'étais petite, je cachais de l'argent partout dans ma chambre. Dans ma dînette, sous le lit. Un jour, j'ai même ouvert le ventre d'une poupée pour cacher une pièce de deux euros. Après, je ne me rappelais plus où j'avais planqué mon argent. Mon petit frère Benoît, il fait pareil. Mais je passe derrière lui pour récupérer la monnaie. C'est pour son bien. Un jour, on en aura peut-être besoin.

« *Les freins de la bagnole vont lâcher, a dit papa, il y en a pour 200 euros au moins…* »

Mardi dernier, la boulangère s'est trompée en me rendant la monnaie. Elle m'a donné cinq euros de trop. Je n'ai rien dit. Parce qu'une fois, elle a volé une vieille dame arabe. Elle lui a vendu des croissants de la veille au prix des croissants frais.

« *Tu as vu la facture d'électricité? a dit maman. C'est dingue comme ça a augmenté…* »

L'année dernière, mamie a gagné 100 euros à un jeu, et elle nous a donné un billet de 20 euros à Benoît et à moi. Pendant une semaine, j'ai imaginé tout ce que je pouvais acheter: un CD, un bracelet, un T-shirt, une ceinture. Finalement, j'ai donné le billet à maman, pour payer le médecin.

« *Tu devrais arrêter de fumer, a dit papa, imagine un peu l'économie que ça ferait…* »

Un jour, près du collège, j'ai vu un SDF. J'étais gênée en passant devant lui, parce que je ne voulais pas lui donner d'argent. Mais il ne m'a rien demandé. Au contraire, il m'a tendu une pièce. Je ne voulais pas la prendre. Il a dit: «C'est pour toi. S'il te plaît. Ça me portera bonheur. » C'était une pièce de un euro. Depuis, je la garde toujours sur moi.

« On ne parle pas d'argent devant les enfants, a dit maman, il ne faut pas les embêter avec ça, ils verront bien quand ils seront grands… »

Y a quelqu'un ?

La scène se passe dans les W.-C. Aménagement banal, rien de particulier. Étagère pour rouleaux de papier toilette, gel W.-C., B.D. et livres de cuisine.

– Non, Benoît, y a quelqu'un ! C'est pressé ? Eh bien, tant pis pour toi, tu attendras.

C'est toujours comme ça avec mon petit frère. Dès que je m'enferme aux W.-C., il a envie de faire pipi. Je ne peux jamais être tranquille, avec lui.

– Benoît, arrête de taper contre la porte ! Je ne sortirai pas. Retourne dans ta chambre jouer avec tes petites voitures.

En plus, j'ai envie… Ça va venir, je sens… Je vais lire, pour aider. Des recettes de cuisine. Tiens,

Gâteau au chocolat et aux bananes. Ah non, le chocolat, ça constipe. Plutôt *Crème au yaourt et aux pruneaux.* En plus, ça a l'air bon…

– Mais fiche-moi la paix à la fin! Tu entends, Benoît? Si tu continues, je te jette dans la cuvette des W.-C. Je te préviens, il y a plein de requins, là-dedans. Et des crocodiles aussi!

Quel pot de colle, ce mec!

– Comment ça, c'est pressé? Pressé, pressé? Tu ne peux plus te retenir? Eh bien, va faire pipi sur le tapis du salon. On dira à maman que c'est le chat…

Ça y est, il est parti. Il est capable de le faire, cet idiot. Et on n'a même pas de chat…

Bon, maintenant je suis tranquille. Pour deux minutes. J'éteins la lumière. Je n'ai pas peur. Au contraire. Je suis bien ici, à l'abri. Je peux penser à ce que je veux. Dire tout ce qui me passe par la tête. Personne n'écoute, personne n'entend. Je ferme les yeux très fort, et je dis, tout bas:

– J'ai peur qu'un jour tu t'en ailles, papa. S'il te plaît, reste toujours avec nous.

Je le dis encore et encore, et ça va mieux.

Et puis, après, j'allume la lumière, je tire la chasse d'eau. Elle fait un bruit assourdissant, un bruit de tempête et d'ouragan. Alors je hurle dans le bruit les mots interdits :

– PUTAIN ! CONNARD ! SALOP…

Zut, c'est fini. Elle ne dure jamais assez longtemps, la chasse d'eau, je connais encore plein de gros mots.

– Hé, Benoît ! tu peux venir, la place est libre. Tu n'as pas fait pipi sur le tapis, quand même ? Juste un petit peu dans ta culotte ? Eh bien, bravo ! Bon, maintenant, vas-y, et fais attention de ne pas en mettre partout. Qu'est-ce que tu attends ? Vas-y, je te dis.

« Mais non, gros bêta, ils sont partis, les crocodiles, ils ne vont pas croquer ton petit machin, crétin. Allez, installe-toi, là, et fais ta petite affaire…

« Oui, je te promets, il n'y a plus de crocodiles…
(*Un silence.*)

« … juste quelques alligators, et des tas, des tas de piranhas ! »

Limaces

Je rentrais du supermarché. Chargée comme un mulet : deux packs de bière, un filet de pommes de terre, un baril de lessive, deux laitues. J'ai pris le chemin de terre qui longe le stade. Il était boueux, car il avait plu toute la journée.

Devant moi, à quelques pas, j'ai aperçu une famille de limaces. Une grosse, noire; c'était le papa. Une plus petite, mais grosse aussi, et rouge sang; c'était la maman. Puis, une très jolie limace, fine, d'un rouge éclatant, presque orange. C'était la grande fille, évidemment. Enfin, à la traîne, une petite limace très moche, toute sale, grise. Pas difficile de deviner qui c'était : le petit dernier de la famille, le chouchou des parents, toujours à embêter sa grande sœur.

J'ai posé mes sacs pour regarder les limaces. Le papa limace avançait en zigzag, en se tortillant bizarrement.

– Ah, ah, je vois, lui ai-je dit, tu es soûl comme une barrique! Tu as bu trop de bière, hein, c'est ça?

J'ai ramassé un morceau de bois et je lui ai donné un coup sur la tête. Pour le dessoûler. Puis, j'ai placé quelques cailloux devant maman limace.

– Allez, allez, ai-je dit, un peu de sport! Grimpe là-dessus, ça te fera maigrir.

Quant au petit frère limace, je l'ai balancé dans une flaque d'eau, pour qu'il prenne un bain.

– J'espère que tu sais nager, lui ai-je dit. Sinon, tant pis pour toi, je n'irai pas te repêcher.

Puis j'ai donné une feuille de laitue à la grande sœur.

– Tiens, ma belle, c'est pour toi, rien que pour toi. Tu l'as bien méritée. C'est toi qui fais tout le travail à la maison, je sais bien: tu gardes ton horrible petit frère, tu transportes des tonnes de pommes de terre et des litres de bière, tu mets le couvert, et après tout ça tu dois faire tes devoirs et apprendre tes leçons…

Pauvre petite limace, elle devait avoir rudement faim, car elle s'est jetée (enfin, façon de parler…) sur la feuille de laitue.

Je la regardais manger quand j'ai entendu des pas derrière moi. Je me suis retournée. C'était Mme Dupras, la voisine du dessus. Une vieille dame un peu bizarre (je trouve) qui vit seule avec son chien et ses canaris.

– Oh, les mignonnes petites limaces! s'est-elle exclamée. On dirait une petite famille, tu ne trouves pas? Tiens, là, la grosse qui roupille, c'est le papa, il s'appelle Lolo, et celle-là, près de la salade, c'est Lulu, la maman. Elle prépare le repas pour son mari et ses enfants. Et celle-là, qui grimpe sur le caillou, c'est Jojo, le grand frère, et la petite, dans la flaque d'eau, c'est Jaja, elle prend son bain, parce qu'elle va ce soir au bal avec son amoureux.

J'ai pensé : « Pauvre femme, elle délire. » Mais j'ai été polie. Je n'ai pas fait de commentaires. J'ai seulement dit :

— Ben… heu… je vous laisse, madame Dupras, il faut que je rentre, maman m'attend.

Et j'ai filé.

À la maison, j'ai dit à maman :

— Tu sais, Mme Dupras, elle débloque ! Grave ! Elle parle aux limaces ! Elle croit que c'est une famille, avec le papa, la maman et les enfants. Elle leur donne même des noms : Lolo, Lulu, Jojo… C'est dingue, non ?

Maman a grommelé quelque chose en sortant une poêle du placard. J'ai poursuivi :

— En plus, elle confond tout : la mère avec la fille, et le petit frère avec la grande sœur.

— Mais qu'est-ce que tu racontes ? a demandé maman. De quoi tu parles ? Tu ferais mieux de laver la salade.

Je n'ai pas insisté.

J'ai lavé la salade.

Entre deux feuilles, j'ai trouvé une petite limace.

Pauvre petite chérie. Ses parents l'ont abandonnée, c'est sûr.

Heureusement que je suis là. Je l'ai cachée au salon, dans une plante verte.

Elle est très heureuse, maintenant, Lili.
Lili, c'est son nom, à ma limace.

Mort

Mon petit frère est mort. Benoît, mon petit frère adoré. Mort.

Il est étendu sur le lit, raide, glacé, cadavérique. Mort.

Ce matin encore, il jouait, il m'embêtait, il se mettait les doigts dans le nez, même quand je lui disais d'arrêter. Et maintenant, c'est fini. Il ne bouge plus, ne respire plus.

Il est étendu sur le lit, un drap remonté jusqu'à la taille. Il a son T-shirt préféré, celui avec une souris verte qui saute à la corde. J'ai glissé dans ses mains jointes une petite voiture rouge et ma Barbie danseuse, qu'il me piquait toujours quand j'avais le dos tourné.

J'ai fermé les rideaux et j'ai allumé des bougies, au pied du lit. Et partout, j'ai jeté des pétales de roses.

J'ai mis une robe noire que j'ai trouvée dans le placard de maman, un foulard et des chaussures à talons. Je me suis agenouillée et je le regarde.

Benoît, mon petit Benoît.

C'est affreux.

Il est mort étouffé. J'avais parié avec lui qu'il ne pourrait pas avaler d'un seul coup un paquet de chewing-gums. Il a quand même voulu essayer. Il a failli réussir. Mais le neuvième chewing-gum lui est resté en travers de la gorge. Il est devenu tout rouge, puis tout bleu, puis tout noir. Puis plus rien.

Oh, Benoît, reviens, je t'en prie, reviens…

Quel choc pour papa et maman, quand ils rentreront. Ah, si c'était moi qui étais morte, ils se consoleraient vite, mais leur Benoît chéri… Ils ne s'en remettront jamais.

En plus, c'est de leur faute. Je leur avais bien dit que j'étais trop jeune pour le garder, que je n'avais pas de diplôme de secouriste s'il se noyait dans la baignoire ou s'il se coupait le bras avec la scie électrique. Ou s'il s'étouffait avec des chewing-gums.

Pauvre papa, pauvre maman.

C'est pour papa, surtout, que ça va être dur. Il faudra qu'il mette une cravate pour l'enterrement, et il déteste ça.

Ah, c'est trop triste ! Je veux mourir aussi ! Benoît, Benoît, réveille-toi !

Sans blague, Benoît, réveille-toi, tu n'es plus mort. Je ne sais plus quoi dire, moi. On arrête, d'accord ? C'est idiot, ce jeu, ça me rend mélancolique, j'ai envie de pleurer pour de vrai, maintenant.

Allez, réveille-toi ! Je sais que tu fais semblant ! Lève-toi, je te dis ! BENOÎT ! Ne fais pas l'idiot ! Je te dis que tu n'es plus mort !

Bon, puisque c'est comme ça, je te préviens, je sais où tu as caché ta tirelire. D'ailleurs, tu me dois trois euros, tu as perdu ton pari avec les chewing-gums…

Au fait, tu en as avalé combien, avant de mourir ?

Tu m'écoutes ?

–*Maman, tu m'écoutes ?*

Non, évidemment. Elle écoute son Benoît chéri. Bien sûr, ce que raconte mon petit frère, c'est beaucoup plus intéressant. Son copain Jérémie a apporté un lapin à l'école, ce matin. Passionnant ! Et tout le monde a pu le caresser. Bravo, ça, c'est une nouvelle très, très importante, je comprends que maman s'y intéresse en priorité. Tu sais, Benoît, des lapins, il y en a plein dans la boucherie de papa. À 6, 85 euros le kilo. À ce prix-là, naturellement, ils n'ont pas de fourrure, ils sont tout nus, le ventre ouvert, les pattes en l'air, mais avec le foie, les rognons et les poumons.

– Maman, tu m'écoutes ?

Non, toujours pas. Elle cherche ses cigarettes. Ça risque de durer longtemps. Elles sont tout au fond du congélateur, ses cigarettes. C'est moi qui les ai planquées. Zut, elle a retrouvé un paquet dans le panier à pain. Mais avant qu'elle mette la main sur son briquet, j'ai le temps d'attendre. J'ai pourtant plein de choses à te dire, maman. Pourquoi tu ne m'écoutes jamais ? Tant pis pour toi, je ne le dirai pas deux fois.

– Maman, tu m'écoutes ?

J'ai encore eu zéro en dictée. Remarque, je m'en fiche : papa aussi, il était nul en orthographe quand il était petit, et ça ne l'empêche pas de découper des escalopes, comme il dit toujours. Et puis je me trouve moche : j'aime pas mon nez, il est trop grand. Je suis trop grosse aussi, regarde mes cuisses. Si ça continue, je vais finir obèse, comme toi. Pas de réaction, c'est bien ce que je pensais, elle est sourde quand je parle.

– Maman, tu m'écoutes ?

Qu'est-ce qu'elle fait, maintenant? Encore au téléphone! Si c'est mamie, elle en a pour un moment. Mais moi, ce que j'ai à dire, ça n'attend pas. Maman, je crois que je suis amoureuse. Enfin, peut-être, je ne sais pas. Il s'appelle Lucas, il est dans ma classe. Il est très mignon, je trouve. Il a des cheveux bruns, presque noirs, et des yeux tout bleus, tout bleus. Qu'est-ce qu'on fait dans ces cas-là, maman, dis-moi? Et si lui, il ne m'aime pas, maman, qu'est-ce que je deviens, moi?

– Quoi? Pardon? Qu'est-ce que tu dis? Mais si, maman, je t'écoute! Euh… non, je n'ai rien à raconter, il ne s'est rien passé de particulier aujourd'hui.

Ah, si! Tu sais, ma chaussette rouge, eh bien, je l'ai retrouvée. Derrière la machine à laver. Intéressant, non?

Carnage

J'ai encore dû garder mon petit frère. Tout l'après-midi. Je lui ai dit :

– Benoît, reste dans ta chambre et joue tranquillement. Je n'ai pas le temps de m'occuper de toi.

J'ai pris *Lili, le journal des filles qui bougent la vie*, et j'ai lu le courrier des lectrices.

J'ai un petit copain. Je l'adore !!! Mais mon père dit qu'à 11 ans, je n'ai pas le droit d'embrasser sur la bouche !!! Depuis, quand je suis avec mon copain, je suis gênée !!! Mon père a-t-il raison ? Camille.

Je n'ai pas eu le temps de lire la réponse. Ça faisait VRROUM, HIIIIII! SCRASH! BLING! AAAAARGH! dans la chambre à côté.

Je me suis précipitée. J'ai dérapé sur une petite voiture et je me suis écrasée sur le tapis.

— Zut, a dit Benoît, c'était l'ambulance. Maintenant, les blessés, ils vont tous crever.

Il jouait à l'accident, avec ses petites voitures et ses Playmobil. Il y en avait partout dans la chambre, renversés, culbutés, écrabouillés. Un vrai carnage.

— 153 morts! a-t-il annoncé. Toi, tu es blessée, et tu vas mourir aussi.

Je me suis relevée (avec un bleu sur la fesse gauche) et j'ai dit:

— Tu me ramasses tout ça, immédiatement. C'est dégoûtant, ton jeu. Tiens, voilà la ferme avec les animaux. Tu joues gentiment, maintenant, compris? Sans bruit!

J'ai sorti les vaches, les moutons, les cochons, les poules, le chat, le chien et la girafe. Le crocodile, je l'ai gardé pour moi.

Je suis retournée dans ma chambre et j'ai repris ma lecture.

J'ai un amoureux, mais je ne sais pas s'il m'aime et je veux savoir comment faire pour le séduire. Vite, les filles, répondez-moi!!! Sophie.

Moi aussi, j'aimerais savoir. Je pourrais essayer avec Lucas. C'est un garçon de ma classe, et il est super, super, super mignon!!! Qu'est-ce qu'elles donnent comme conseils, les filles?

Invite-le, joue avec lui, fais-lui des compliments et lance-lui des regards amoureux. Moi, j'ai fait comme ça; depuis, il m'aime et on est tout le temps ensemble!!! Marie.

Je ne suis pas allée plus loin. À côté ont retenti des miaulements, des couinements, des glapissements déchirants. J'ai couru voir ce qui se passait. Benoît, à genoux sur le tapis, un couteau à la main, égorgeait un cochon. Pour faire plus vrai, il avait trempé le couteau dans du ketchup.

J'ai hurlé, écœurée. Lui, il m'a regardée, l'air étonné :

— Mais je joue au boucher! Regarde, là, c'est l'abattoir, poum, j'assomme le cochon, couic, j'y coupe le ventre, j'enlève les boyaux, et là, c'est la boucherie... Tu veux des côtelettes ou du boudin frais?

— Arrête ce massacre! ai-je crié. C'est répugnant!

Trop nuls, ces jeux de garçon! J'ai fouillé dans mon placard et j'ai sorti ma vieille Barbie et un Ken. Barbie est en danseuse, avec un tutu rouge, et Ken en violoniste. J'ai dit à Benoît:

— Tu vas jouer à la poupée. Ça va te calmer.

Je suis retournée dans ma chambre pour lire la suite de l'article.

J'aime un garçon qui s'appelle Jonathan. On est ensemble depuis un bout de temps. Le problème, c'est qu'il ne montre jamais ses sentiments. Il y a une semaine, il m'a dit qu'il m'aimait, mais c'est tout, il ne dit rien d'autre de doux!!! Ma copine Lucie dit qu'il a peur de se payer la honte devant ses potes. À l'aide!!! Charlotte.

J'ai soupiré. C'est comme moi avec Lucas... Qu'est-ce qu'il faut faire?

Ton copain est sûrement super timide! Il ne faut pas lui en vouloir, il t'aime puisqu'il te l'a dit! Mais je ne suis pas d'accord avec Lucie; aimer, ce n'est pas la honte! D'ailleurs, c'est ça que tu dois lui expliquer: aimer, c'est GÉNIAL et NATUREL! Samira.

Elle a raison, Samira, je vais parler à Lucas.

Mais que fabrique Benoît? Il ne fait plus de bruit, ce n'est pas normal. J'écoute à la porte de sa chambre. Hein, quoi!!?? Je l'entends qui parle tout seul:

—Oh, ma chérie, viens dans mes bras, oui, tout contre moi...

Qu'est-ce qu'il raconte? J'ouvre doucement la porte. Il a déshabillé les deux poupées, et Barbie se serre contre Ken en murmurant:

—Lucas, mon amour, j'adore tes yeux tout bleus, tout bleus! Que je t'aime, que je t'aime!

Il est malade, ce gosse! Malade et obsédé. Je lui ai arraché les poupées des mains, je lui ai donné un fusil-mitrailleur en plastique et j'ai dit:

—Va massacrer qui tu veux, ça m'est égal, de toute façon, tu n'es pas normal.

J'ai pris Lucas dans mes bras, euh… non, Ken, je suis retournée dans ma chambre et je l'ai couché sur le lit, à côté de sa Barbie.

Et j'ai lu une nouvelle lettre de *Lili*.

J'aime un garçon, mais je suis trop timide, je n'ose pas l'embrasser… Par pitié, répondez-moi…

«Tacatacatacatacatacatacatacatacatac!» faisait Benoît dans la chambre à côté.

Je t'aime

Je me suis réveillée au beau milieu d'un rêve. Un rêve tout bleu, tout bleu. J'étais légère comme une bulle de savon, légère comme un bouchon de champagne.

Encore en rêve, je dis :

– Je t'aime.

Je me lève d'un bond. À pieds joints sur le tapis. Le tapis dérape. Je m'écrase contre le mur.

À moitié assommée, je dis :

– Je t'aime.

Je me relève, j'ouvre en grand la fenêtre, les volets. Une rafale de pluie glacée me frappe le visage.

Je dis :
— Je t'aime.

Dans la salle de bains. Je glisse sur un savon égaré au fond de la baignoire. Je me rattrape au cordon de la douche. La pomme de la douche me tombe sur le crâne. Ça fait très mal. Grosse bosse.

Je dis :
— Je t'aime.

Des coups contre la porte fermée à clé. La voix de mon père :
— Qu'est-ce que tu fabriques là-dedans ? Grouille-toi ! Je suis pressé !

Je dis :
— Je t'aime.

Deux minutes plus tard, à la cuisine. Ma mère, cigarette au bec, distraite, verse du lait brûlant sur mon poignet. Ne s'excuse même pas.

Je dis :
— Je t'aime.

Vite, dans ma chambre. S'habiller, préparer les affaires pour le collège. Enfiler les chaussures, un anorak. S'occuper du petit frère, qu'il faut conduire à l'école. Il a un pistolet à la main. Il me l'enfonce dans l'estomac. Annonce :

– Tu es morte !

Je m'écroule. Murmure, dans un dernier souffle :

– Je t'aime.

Fini de jouer. Je prends le petit frère par la main, descends l'escalier avec lui. Ouvre la porte de l'immeuble.

Il est là. Lucas. Il m'attend. Tout sourire, il me regarde. Ses yeux. Bleus. Trop bleus.

Je dis…

Je ne sais pas quoi dire.

Je dis :

– Tu as un bouton sur le menton.

Crotte

Crotte de crotte de crotte de chien ! J'ai mis le pied en plein dedans. C'est la faute de mon petit frère Benoît, évidemment. Je l'ai emmené au zoo, cet après-midi, et il marchait le nez en l'air, comme d'habitude. Juste devant lui, sur le trottoir, il y avait une grosse crotte de chien, toute molle. J'ai crié : « Benoît, attention ! » et je l'ai tiré par le bras.

Oui, mais moi, à cause de lui, je n'ai pas vu qu'il y en avait une autre, un peu plus loin, et j'ai marché dedans. Avec mes baskets toutes neuves. Beurk. On aurait dit du chocolat fondu. En marchant, j'ai laissé des traces marron foncé derrière moi. Merci, Benoît. À cause de toi, j'ai la honte.

Et au croisement, comme un fait exprès, on a rencontré Lucas. C'est un garçon de ma classe. Très mignon. Mais idiot. Non, le contraire : idiot, mais très mignon. Il a dit :

—Eh, salut. Comment ça va ?

J'ai répondu :

—Crotte de crotte de crotte en chocolat, voilà comment ça va !

Ça l'a fait rire. Je me demande pourquoi. Et puis, il a sorti de sa poche une tablette de chocolat. Il m'a demandé :

—Tu en veux ?

Beurk, du chocolat. Ça m'a fait penser à ce que j'avais sous les semelles. J'ai répondu :

—Et toi, tu veux une claque ?

Il n'a rien compris, cet idiot. Il m'a regardée avec de grands yeux malheureux. Hou, là, là, qu'est-ce qu'il a de beaux yeux ! Tout bleus, tout bleus. Pour le consoler, j'ai dit :

—On va au zoo. Si tu veux, tu peux venir avec nous.

Il était tout content. Moi aussi. Je lui ai dit de s'occuper de Benoît et de l'emmener voir les serpents et les araignées géantes. J'ai horreur de ces sales bêtes, rien que d'y penser j'ai la chair de poule.

Pendant qu'ils étaient partis, j'ai nettoyé mes baskets dans les flaques d'eau et je les ai essuyées avec des Kleenex.

Benoît est revenu tout excité.

– J'ai vu un serpent qui faisait caca ! hurlait-il.

J'ai dit :

– Benoît, tu la fermes, on ne parle pas de ces choses-là.

Il faut refaire toute son éducation, à ce môme.

Ensuite, on est allés voir les éléphants. Et qu'est-ce qu'ils faisaient ? Non, je ne le dirai pas ! En tout cas, ça a beaucoup intéressé Benoît. Il a fallu qu'il fasse des commentaires.

– Tu as vu leurs crottes ? Elles sont énormes !

J'avais honte, à cause de Lucas. Mais lui, il a dit :

– Oh, tu sais, ma petite sœur, elle ne connaît que deux mots : « Caca boudin ! »

J'aurais aimé qu'on parle d'autre chose, mais je ne savais pas quoi dire. J'ai regardé Lucas, il m'a regardée aussi, et, j'en suis sûre, il a rougi. Mais, juste à ce moment, Benoît a demandé :

— Les crocodiles, ils font caca comment ?

J'ai voulu lui donner une claque, mais Lucas, ça l'a fait rire. J'ai dit à Lucas qu'il était idiot.

D'ailleurs, c'est vrai, il est idiot.

Mais très mignon. À cause de ses yeux. Tout bleus, tout bleus.

Lucas n'a plus rien dit. Moi non plus. Peut-être qu'on était fâchés.

En sortant du zoo, sur le trottoir, il y avait une crotte de chien. Encore une. Je la vois, mais pas Lucas. Je pense :

— S'il marche dedans, ça veut dire que je l'aime, s'il marche à côté, je ne l'aime pas. Non, le contraire : s'il marche dedans, je…

Plaf, il a mis le pied en plein dedans !

Oh zut ! je ne sais pas ce que ça veut dire : je l'aime ou je ne l'aime pas ? Je ne l'aime pas, ou je l'aime ?

Quand l'auteur a le dernier mot…

Ces histoires ont été écrites dans le cadre d'un projet d'animation initié par la Compagnie du Réfectoire, installée à Toulouse. Tout au long de ce projet, j'ai rencontré des enfants qui ont participé activement à l'écriture des textes. Lecteurs agissants, ils ont fourni des thèmes, raconté et écrit sous ma direction, lu et commenté les histoires que je leur soumettais. Je remercie donc pour leurs suggestions, leurs critiques et leur enthousiasme les élèves et les professeurs de Mézin, Auch, Masseube, Cestas, Gradignan et Lormont.

À tous, je dédie ce livre ainsi qu'à Adeline Détée, Patrick Ellouz, Malik Richeux et Marc Khanne.

Une vidéo, *Paroles nomades*, réalisée par Marc Khanne, retrace cette aventure. Elle est disponible auprès de la Compagnie du Réfectoire.

Un grand merci également à Chloë Moncomble et Alice Marchand, les bonnes fées qui ont veillé à l'édition de ce nouveau recueil d'«histoires pressées».

Table des matières

Zoo • *5*
Liste • *9*
L'homme au Frigidaire • *13*
Suites • *17*
Chocolat • *21*
Malade • *25*
Personne ne m'aime • *31*
Sous le lit • *35*
Choux de Bruxelles • *39*
Seule • *43*
Père Noël • *47*
Ça m'est égal • *53*
Derrière la porte • *57*
N'oublie pas… • *61*
Au parc • *65*
Pourquoi tu pleures? • *69*
Argent • *73*
Y a quelqu'un? • *77*
Limaces • *81*
Mort • *87*
Tu m'écoutes? • *91*
Carnage • *95*
Je t'aime • *101*
Crotte • *105*

Achevé d'imprimer en France par France Quercy
Dépôt légal : 2e trimestre 2013
N° d'impression : 30678B